Gisela Nordmann · Auf den Gleisen der Zeit

AF237078

Gisela Nordmann

Auf den Gleisen der Zeit

Erinnerungen, Beobachtungen, Erlebnisse
in Prosa und Lyrik

September 2021
© 2021, Gisela Nordmann
Layout & Satz: Franziska Gumpp
Umschlaggestaltung: Franziska Gumpp unter Verwendung einer Fotografie von Gisela Nordmann, Dresden
Druck und Verlag: BoD – Books on Demand, Norderstedt
Printed in Germany

ISBN 9783754357637

Inhalt

Ich werde Urgroßmutter

Mein Leben (Gedanken am 80. Geburtstag) 11
Begrüßung 12
Eine bedeutende Persönlichkeit 13
Meinem Mann zum 20. Todestag 14

Erinnerungen

Schwiegermütter – Sie sind besser als ihr Ruf . . . 17
Als der Krieg zu Ende war 22
Pirna 25
Die Geschichte eines Brillantringes 27
Auf Umwegen zum Ziel 28
Das Mutterkorn und seine Bedeutung für mich . . 32
Wie mir das Einhorn begegnete 36

Zugereiste

Blumenkauf 41
Ein Märchen 42

Die Zeit vergeht

Ein Zeitabschnitt 45
Wunderwelten 46

In Dresden erlebt

Im Bus 51
Ganoventricks 52
Striesen im Herbst 2015 53
Blasewitzer Impressionen 55

Vom Reisen

Unkenruf 59
Der Zauber Andalusiens 60
Abschied von Katalonien 61

Vom Wandern

Stenogramm einer Wanderung 65
Nach einer Wanderung 66
Abschied von der Wandergruppe 67

Durch das Jahr

Licht im Dunkel 71
IRRTUM 72
Haikai: Frühling 73
Ostern in der Pandemie 74
Vergänglichkeit 75
Im Oktober 76
Haikai: Herbst 77
Dresden im Dezember 2013 78
Mein Advent 79

Die Autorin 80

Wir sitzen alle im gleichen Zug
und reisen quer durch die Zeit.
Wir sehen hinaus, wir sahen genug.
Wir fahren alle im gleichen Zug
und keiner weiß, wie weit.

Vgl. Erich Kästner
         Lyrische Hausapotheke
         DTB München
         11. Auflage

Ich werde Urgroßmutter

Mein Leben
(Gedanken am 80. Geburtstag)

Dort, wo die alte Ulme steht,
ist meines Mannes Grab.
Da wird mir stets erneut bewusst,
was ich verloren hab.

Doch ringsum wogt ein Blumenmeer,
das spendet Kraft und Segen.
So wandere ich voll Zuversicht
auf allen meinen Wegen.

Zwar war mein Leben wechselvoll,
hab' manches Leid erfahren.
Aber auch das Schlimmste ist verblasst
nach all den vielen Jahren.

Jetzt wächst ein neues Glück heran,
eins der größten auf der Erde:
Mein Enkel hat mir anvertraut
dass ich Urgroßmutter werde.

Nun reise ich auf den Gleisen der Zeit
meinem Lebensende entgegen
und wünsche meinem Urenkelkind
Glück auf seinen Wegen.

Begrüßung

Den ganzen Tag hat es geschneit,
Bäume und Sträucher in weißem Kleid,
der Klang der Abendglocken über allem,
wem sollte diese Stimmung nicht gefallen?
Ich glaube zu hören einen Choral.
Fern ist des bangen Tages Qual.
Laternen beleuchten das Winterbild,
Licht im Dunkel, die Luft ist klar und mild.
Große Freude hat es für mich gegeben:
Mein Urenkel wurde geboren.
Carl Christian!
Willkommen im Leben.

Eine bedeutende Persönlichkeit

Alle lieben ihn,
Alle huldigen ihm,
Alle beschenken ihn,
Alle vergessen alles für ihn.
Er dankt es mit einem
strahlenden Lächeln.
Wer?
Ein König?
Nein.
Es ist der jüngste Spross
der Familie
im ersten Lebensjahr:
Carl Christian.

Meinem Mann zum 20. Todestag

Seit zwanzig Jahren besuche ich Dich
unter der alten Ulme am Grab
und berichte Dir von Veränderungen,
die ich beobachtet hab,
und von unserem Urenkelsohn, dem munteren kleinen Carl,
der ist nun drei Jahre schon
und Sonnenschein für uns all.
Er fährt sehr gern mit der Parkeisenbahn
durch den Dresdner Großen Garten.
Die Großeltern begleiten ihn,
darauf muss er nicht warten.
Auch liebt er die Dinosaurier, diese alten Reptilien, immer
und schlägt voll Begeisterung den Takt
auf dem Schlagzeug in seinem Zimmer.
Sein Musiklehrer ist bemüht
ihm das Beste zu geben.
So stehen die Chancen für den Kleinen gut
auf ein erfülltes Leben.

Erinnerungen

Schwiegermütter – Sie sind besser als ihr Ruf

K ennen Sie den Schwiegermutterstuhl? Böse Zungen meinen damit den großen Kugelkaktus, auch Igelkaktus genannt, der lateinisch Echinokaktus grusonii heißt. Er ist eine Zierde jeder Sammlung und Kakteenfreunde erfreuen sich an dem gewaltigen grünen Pflanzenkörper, der mit starken gelben Stacheln besetzt ist. Kein Fachbuch kommt ohne entsprechende Abbildung aus. Nur die Vorstellung, dass jemand darauf Platz nehmen müsste, ist grausam und erinnert an die Nagelbretter indischer Fakire oder an mittelalterliche Foltermethoden.

Nun, ich kenne keine Schwiegertochter und auch keinen Schwiegersohn mit einem solchen Ansinnen.

Zunächst denke ich an die Schwiegermutter meiner Mutter, also an meine Großmutter väterlicherseits. Sie war eine sehr strenge, umsichtige und starke Frau, die bereits zu Kaiserzeiten berufstätig gewesen ist. Großvater hatte sie als Student in München kennengelernt. Sie arbeitete als Kellnerin im Hofbräuhaus und Großvater suchte dieses wohl häufig und nicht nur des guten Bieres wegen auf. Von ihrem guten Aussehen muss er begeistert gewesen sein. Sie hatte etwas südländisches an sich. Vielleicht hoffte er auch auf gutgewachsene Kinder mit ihr und dass sie seinen körperlichen Mangel – er war verwachsen – ausgleichen möge. Gegen den Widerstand seiner Eltern, einer wohlhabenden Gutsbesitzerfamilie aus dem Harzvorland, heiratete er seine aus ärmlichen Verhältnissen stammende Franziska schließlich.

Großmutter bewährte sich in der Erziehung meines Vaters und seiner sechs Geschwister, das waren fünf Brüder und eine Schwester. Die sieben Kinder waren innerhalb von neun Jahren zur Welt gekommen. Bei der Betreuung der großen

Familie halfen ihr zwei Kindermädchen. Großmutter stand auch stets dem Großvater tatkräftig zur Seite, der nunmehr in Wasselnheim im Elsass fern der Heimat eine Notarkanzlei betrieb.

Familie und Haushalt stellten hohe Anforderungen an sie, die sie bestens erfüllte. Aber gerade diese Anforderungen übertrug sie später auf ihre Schwiegertöchter. Bei Besuchen wollte sie sich wohl überzeugen, ob ihre Söhne so versorgt würden, wie sie es von zu Hause gewöhnt waren, und es war z. b. immer großer Hausputz angesagt, wenn es hieß: »Vaters Mutter kommt«. Mein Onkel Ludwig nannte diese Reisen in seinen späteren Aufzeichnungen scherzhaft »Inspektionsreisen«. Die Besuche verliefen aber dann immer harmonisch. Großmutter konnte manch spannende Geschichte aus der Kindheit meines Vaters und seiner Brüder erzählen. So passierte es zum Beispiel, dass auf einer Ferienreise in die Heimat meines Großvaters mein jüngster und damals dreijähriger Onkel verloren ging. Mein Großvater hatte für elf Personen, also für die Eltern, für die sieben Kinder und für die zwei Kindermädchen zwei nebeneinanderliegende Bahnabteile bestellt. Nachdem der Zug abgefahren war, sollte das mitgenommene Essen verteilt werden. Aber wo war der kleine Hermann? Er war nicht da. Schon ging ein Bahntelegramm ein. Ein umsichtiger freundlicher Bahnbeamter hatte das Kind auf dem Bahnsteig in Frankfurt am Main, wo die Familie umgestiegen war, stehen sehen und in Obhut genommen. Großvater fuhr zurück und konnte erleichtert den verlorenen Sohn in die Arme schließen. Großvaters Mutter konnte es kaum fassen, als sie von dem Ereignis hörte.

Eine weitere, weitaus schicksalhaftere Reise fand nach dem Ende des Ersten Weltkrieges statt. Die Familie fand Zuflucht bei den Verwandten, als das Elsass verlassen werden musste. Mein Vater Wilhelm, einige seiner Brüder, die Schwester und die Mutter siedelten sich nun im Harzvorland an. Die jungen Männer lernten dort auch ihre Frauen kennen. Damals wurden auch meine Eltern ein Paar. Es waren »gute Partien«, die sich da ergeben hatten. Aus armen Schluckern waren einigermaßen wohlhabende Ehemänner geworden.

Die räumliche Verbundenheit der Familienmitglieder erlaubte häufige Besuche untereinander und auch die der Schwiegermutter. Sie kam, obwohl bereits hochbetagt, immer zu Fuß über Land. Sie kontrollierte natürlich nicht nur, sondern sparte auch nicht mit Lob und guten Ratschlägen und verstand sich zum Beispiel auch gut mit der Mutter meiner Mutter. Eigentlich waren die beiden Frauen sehr verschieden. Meine Großmutter mütterlicherseits hatte das Haus an der Selke nie verlassen, bis auf einige Kuraufenthalte in Bad Ems. Sie betonte aber immer wieder, ihre einzige Tochter habe in meinem Vater einen sehr guten Mann gefunden. Er sei der beste Schwiegersohn der Welt, was seine Mutter dann auch wohlwollend zu Kenntnis nahm.

Großmutters Sorge um ihre Söhne war verständlich. Wie hatte sie um ihre drei Ältesten gebangt, die sich im Ersten Weltkrieg nacheinander freiwillig zum Militär gemeldet hatten. Ich kann mir heute vorstellen, wie sie nachts aufschreckte, weil sie von Kanonendonner geträumt und um die Sicherheit ihrer Lieblinge gefürchtet hatte, die an der eisigen Ostfront oder im Schlamm von Flandern ausharren mussten.

Zwar hätte sie später stolz sein können, dass Friedrich, Wilhelm und Ludwig in den Offiziersrang erhoben und Wilhelm und Ludwig mit dem Eisernen Kreuz ausgezeichnet wurden. Doch sie hätte sie wohl lieber in Sicherheit gewusst. Alle drei waren verwundet worden und mein Vater erkrankte an einer gefährlichen Gasvergiftung.

Die Mutter meines Vaters starb 1944. Damals lebten noch vier Söhne und die Tochter. Friedrich war 1918 an der Spanischen Grippe gestorben. Mein Onkel Rudolf blieb nach der Schlacht um Stalingrad verschollen, auch ein Cousin von mir. 16 Enkel weinten um sie.

Meiner Mutter war es leider nicht vergönnt, Schwiegermutter zu werden. Sie starb, bevor meine Schwester heiratete. Auch ich war zu der Zeit noch ledig.

Dann bekam ich jedoch eine sehr liebe Schwiegermutter. Mein Mann, ein Einzelkind, war relativ lange unentschlossen in Bezug auf eine feste Bindung gewesen und seine Mutter tröstete ihn und wohl auch sich mit der Ansicht, auf ihn warte etwas »ganz Besonderes«. Nun, auf einem Ball unserer nacheinander besuchten Oberschule, der Thomas-Müntzer-Oberschule in Aschersleben, heute wieder Stephaneum, lernten wir uns eines Tages kennen. Ich studierte inzwischen wie er in Dresden und so begann unser gemeinsamer Lebensweg. Meine zukünftigen Schwiegereltern nahmen mich wie eine Tochter auf. Meine Schwiegermutter versuchte intensiv mir die Mutter zu ersetzen. Sie war sehr nadelgewandt und nähte mir zum Beispiel schöne Kleider. Ich galt stets als gut angezogen. Weihnachten kam sie mit dem Schwiegervater immer nach Dresden. Noch heute erinnere ich mich an den wunderbaren Festtags-Putenbraten, den sie für uns bereitete. Sie spielte später auch gern mit unserer kleinen Tochter, am liebsten »Kaufmannsladen«, und amüsierte sich köstlich, wenn Ute »Spinat aus der Tiefkühltruhe« verlangte. Die Mutter meines Mannes war ja jahrelang im Lebensmittelhandel tätig gewesen.

Bei all ihrem Einsatz vermied sie aber jedwede Bevormundung und räumte selbstverständlich auch meinem verwitweten Vater das Recht ein uns zu besuchen. Sie stimmte sich mit ihm ab und begegnete ihm mit Achtung und Respekt. So erhielt sie unsere natürliche Vater – Tochter-Beziehung. Ich bin überzeugt, auch meine Mutter wäre von ihr nicht verdrängt worden. Meine Schwiegermutter starb 1973.

Noch heute bedauere ich, dass wir uns nicht öfter bei ihr gemeldet haben. Sie wohnte ja in Aschersleben und wir in Dresden. Ein Telefon hatten wir zu jener Zeit nicht. Also blieb nur der postalische Weg für Nachrichten. Einmal meinte sie scherzhaft, sie wolle uns vorbereitete Karten übergeben, die wir ab und zu unterschreiben und abschicken sollten.

Nun bin ich selbst seit über dreißig Jahren Schwiegermutter. Mit meinem Schwiegersohn verstehe ich mich sehr gut.

Als der Krieg zu Ende war ...

Noch gibt es Zeitzeugen. Die Zeit drängt, sie zu befragen. Auch ich wurde befragt. Ich war am Ende des Zweiten Weltkrieges 9 Jahre alt.

Seit ich gebeten wurde, etwas zu diesem Thema zu schreiben, bin ich nervös. Das Kriegsende wurde wieder lebendig, raubte mir den Schlaf, steigerte meinen Blutdruck. War der Krieg wirklich zu Ende?

Nach der Kapitulation im April 1945 wurde Deutschland in Besatzungszonen aufgeteilt. Mein Wohnort in Sachsen-Anhalt gehörte zunächst den Amerikanern. Am 1.7.1945 wurde dieses Gebiet den Russen übergeben. Die Amerikaner hatten es gegen West-Berlin eingetauscht. So wurde unser schönes »Haus an der Selke« (1) zunächst von den Amerikanern und dann von den Russen besetzt.

Wir zogen uns in Nebenräume zurück. Meine Schwester im blühenden Alter von 21 Jahren flüchtete sicherheitshalber zu den Nachbarn. Dann haben wir noch eine befreundete Mutter mit vier Kindern aufgenommen. Sie hatte bei ihren Eltern gewohnt. Aber deren Gutshaus war Kommandantur geworden. Mit der älteren Tochter, im gleichen Alter wie ich, durften wir aber auf dem Hof der Großeltern herumtollen oder uns in der Scheune verstecken. Dort fanden wir mehrere Kisten voll mit Scho-KA-Kola-Dosen. War es Marschverpflegung oder Beutegut der Amerikaner? Egal, wir ließen uns die Schokolade, nachdem wir sie unseren Müttern gezeigt hatten, schmecken. Jede von uns bekam aber nur ein kleines Stück. Wann hatten wir jemals Schokolade gegessen? Angesichts des heutigen Angebotes in Supermärkten und Süßwarenläden ist das kaum zu verstehen.

Damals kamen auch viele Leute aus den zerstörten Städten zu uns, Sie boten oft wertvolle Gegenstände an und baten um Essbares. Da bei uns auf dem Lande die Keller und Speisekammern gut gefüllt waren, beschenkten wir sie und sie waren glücklich über ein paar Eier, Wurst oder ein Glas Marmelade. Anderswo erhielten sie auch Mehl oder Butter und zogen zufrieden von dannen.

Im Herbst 1945 bewegte sich ein riesiger Flüchtlingsstrom aus dem Osten in Richtung sowjetische Besatzungszone. Alle Deutschen mussten Schlesien, Ostpreußen, die Tschechoslowakei und Siebenbürgen verlassen. Als die Schule wieder begann, saßen wir Einheimischen mit den Kindern der »Umsiedler« gemeinsam in den Klassen. Uns einte alle die eine Tatsache: Uns fehlten unsere Väter. Wenn auch die Schuld am Kriegsgeschehen klar beantwortet werden kann, was konnten wir Kinder dafür? Ich beschrieb unsere damalige Situation in folgendem Epigramm:

Die innige Liebe und das Vertrauen zu den Vätern konnte uns niemand nehmen, wir wussten nicht, was sie taten und wem sie dienten, sie fehlten nur.

Viele Soldaten, die den Krieg überlebt hatten, waren gefangen genommen worden, auch viele unserer Väter. Mein Vater fiel auf der Flucht vor den Russen den Amerikanern in die Hände. Nach Wochen im Schlamm eines Rheinwiesenlagers bei Bad Kreuznach kam er schließlich im Oktober 1945 nach Mailly le Camp in Frankreich. Mein Onkel, von den Amerikanern nach Hause gebracht, wurde von den Russen im August 1945 wieder abgeholt und musste in sowjetischen Arbeitslagern 8 Jahre lang hart arbeiten. Ein anderer Onkel von mir starb vermutlich 1949 in Sachsenhausen. Sein Kriegseinsatz in der Ukraine war ihm zum Verhängnis geworden.

Weil mein Vater als Wehrmachtsoffizier, obwohl parteilos, als Kriegsverbrecher eingestuft wurde, ist meine Mutter im Herbst 1945 enteignet worden. Ihr wurden Haus,

Hofgrundstück und Acker, insgesamt 32 Hektar Bodenfläche, im Rahmen der Bodenreform genommen. Im Januar 1946 mussten dann meine Mutter und meine Schwester unseren Heimatort verlassen. Sie waren »kreisverwiesen«. Als ich mutterseelenallein am Ortsausgang stand und dem Lastwagen nachsah, der auf offener Ladefläche alle enteigneten Grundbesitzer des Ortes und seiner Umgebung, wegen der Kälte in Decken gehüllt, mit unbekanntem Ziel entführte, tröstete mich Tante Gertrud. Sie war die Schwester meines Großvaters mütterlicherseits und Teil unserer Familie. Mit ihren 70 Jahren wurde sie mir liebevoller Elternersatz.

Nun lebe ich seit 1955 in Dresden. Dresden ist »Meine vertraute Stadt« (2). Hier studierte ich, fand Erfolg im Beruf und hier lernte ich meinen Mann kennen. Wir gründeten eine Familie. Inzwischen bin ich Urgroßmutter.

1. Gisela Nordmann: »Das Haus an der Selke« BOD, 2016, ISBN 978-3-7392–0616-5

2. Gisela Nordmann: »Vertaute Stadt« BOD, 2006, ISBN 978-3-8334–2345-1

Pirna

Du kleine, schöne, alte Elbestadt
wie gern besuch' ich Dich,
Dich, die Du würdig bestehst im Schatten
der berühmten Residenz.
Wie mag ich Deine prächtigen Erker und Portale,
Zeugnisse solider Steinmetzarbeit.
Wie mag ich die Figuren, gemeißelt aus Sandstein,
der Dich einst reich machte, Dich und Deine Bürger.
Goethe war hier – wo war er nicht?
Und Napoleon, bevor er stürzte.
Canaletto fand Dich malenswert,
malenswert wie Dresden, Warschau, Venedig
und Wien.

Malenswert fand er den Markt und
den Blick vom Sonnenstein,
jenem Felsen, der diesen lichten Namen
nicht verdient.
Dort oben das Schloss,
dessen Mauern stille Schreie umschließen,
Schreie aus einer Zeit,
da man Menschen hier quälte
und trieb ins Gas.

Doch Dich mittelalterliches Kleinod
trifft keine Schuld.
Du strahlst, für mich.

Die Idylle trügt.
Noch nicht lang ist's her
da erhob sich der Fluss gegen Dich!
Auch heute versperrte eine neue Flut
meinen Weg zu Dir!

Elbe! Du mächtige, drohende, warnende!
Bitte verschone diese Stadt!
Bewahre sie auch künftig vor Schaden!

Die Geschichte eines Brillantringes

Mein Vater war Offizier der Hitlerwehrmacht. Es war Pflicht, ständig die Uniform zu tragen, auch im Heimaturlaub. Fotos erinnern mich, als Kleinkind auf seinem Schoß gesessen zu haben, wenn er mir Bilder aus Brehms Tierleben zeigte. Auch pflückte er mit mir Blumen im Garten oder suchte Schmetterlingsraupen, aus denen er Schmetterlinge züchtete. Unübersehbar funkelte dann am kleinen Finger seiner linken Hand ein Brillantring.

Im Frühjahr 1945, als der Krieg zu Ende ging, verließ mein Vater seine Dienststelle, das Wehrmeldeamt in Zerbst, in Richtung Westen. Er wollte keinesfalls den Russen begegnen. So begab er sich in amerikanische Gefangenschaft und musste lange Zeit im Schlamm der Rheinwiesenlager bei Bad Kreuznach dahinvegetieren, bevor er nach Frankreich ins Mailly-le Camp verlegt wurde. Den Brillantring hatte er im Saum seiner Uniformjacke eingenäht.

Irgendwie hat er ihn auch durch die weiteren Wirren der Nachkriegszeit gerettet.

Nach dem Tod meiner Mutter ließ er das Schmuckstück von einem ehemaligen Zerbster Mitarbeiter, einem Juwelier zu einem Damenring umarbeiten, den mir meine Schwester 1954 zum Abitur überreichte. Vater wohnte da bereits bei seiner zweiten Frau in einem anderen Ort, meine Schwester plante nach Westberlin zu ziehen zu Kurt, mit dem sie seit Ostern verheiratet war.

Auf Umwegen zum Ziel

Neulich schrieb mir eine Großnichte – zur Zeit Schülerin der 12. Klasse – sie besuche einen Leistungskurs »Mathematik«. Der sei sehr arbeitsintensiv und die letzte Klausur sei nicht so perfekt gelaufen.

Da war sie wieder da: Meine Erinnerung an die Schulzeit! Sie endete 1954 mit dem Abitur an der der Thomas-Müntzer-Oberschule Aschersleben (heute wieder Stephaneum). Während der Abschlussfeier wurden mir wie einigen anderen Abiturienten auch eine Belobigungsurkunde und ein Buch für gute Leistungen überreicht. Nach der Abschlussfeier nahm mich der Direktor zur Seite und redete auf mich ein: Mir sei doch bewusst, dass ich eine kaderpolitisch negative Vergangenheit hätte, schließlich sei mein Vater Offizier der Wehrmacht gewesen. Dennoch hätte das Lehrerkollegium meine Studienbewerbung befürwortet. Er erwarte aber, dass ich mich nach Studienabschluss einer unserer demokratischen Parteien anschlösse …

Nun schickte mir aber die Martin-Luther-Universität Halle-Wittenberg, bei der ich mich für das Studium der Biologie oder der Chemie beworben hatte, eine Absage mit der Begründung, dass die Studienplätze in diesen Fächern nicht ausreichten. Und letztlich stand in meinem Zeugnis für Biologie und Chemie auch nur die Note »gut«. Man schlug mir andere Studienrichtungen vor: Mathematik, Geschichte, Fächer, in denen meine Leistungen mit »sehr gut« bewertet worden waren, auch Landwirtschaft wurde mir empfohlen. Davon sah ich aber ab. Zu sehr hatte ich mich mit dem Fach Biologie angefreundet, durch die Arbeit im elterlichen Garten sowie nach Besichtigung der Biologischen Zentralanstalt der Deutschen Akademie der Landwirtschaftswissenschaften in Aschersleben sowie des

Institutes für Kulturpflanzenforschung in Gatersleben und Kennenlernen der entsprechenden Aufgaben und Forschungsrichtungen.

Mein Vater riet mir, mich doch in Halle persönlich vorzustellen und mein Anliegen vorzutragen. Doch wo? Bei wem? In der Moritzburg fand ich chemische Labors und klopfte an, vergebens.

Nun wußte ich, dass im nahe gelegenen Institut für Kulturpflanzenforschung in Gatersleben Saatzuchtassistentinnen ausgebildet wurden. Mein Vater arbeitete dort seit kurzem als kaufmännischer Angestellter. Er fasste sich ein Herz und stellte mich einem bekannten Botanikprofessor vor. Auch diese Bewerbung war erfolglos.

Doch warum in die Ferne schweifen? In unserem Haus wohnte in der Etage über uns eine Dame, die hatte in Prag Biologie studiert und war nun wissenschaftliche Mitarbeiterin in der Biologischen Zentralanstalt in Aschersleben. Ihre Mutter war gelähmt und saß ganztags im Rollstuhl. Meine Mutter hatte zeitweise für die behinderte Frau gesorgt. Mit der Zeit entwickelte sich ein freundschaftliches Verhältnis zwischen unseren Familien. Und diese Dame vermittelte mir auf Bitte meines Vaters eine Stelle in der Biologischen Zentralanstalt als Hifskraft in der Abteilung Entomologie! Dort traf ich nette Kolleginnen, die die gleiche Oberschule wie ich besucht hatten. Ich wurde freundlich aufgenommen. Meine Aufgabe bestand darin, Schädlingsbekämpfungsmittel an Schadinsekten zu prüfen, teilweise sogar im Feldversuch. An ein Ereignis kann ich mich noch gut erinnern: In einem speziellen Raum wurden Schaben in großen Glasgefäßen mit einem Mittel behandelt. Als ich eines Tages den Raum betrat, waren alle Tiere ihren Behausungen entflohen und krabbelten auf dem Boden, an den Wänden und an der Decke umher. Wahrscheinlich hatte ich die Gefäße nicht ordentlich verschlossen. Mein Tagewerk bestand nun darin, die Tiere wieder einzusammeln.

Einmal erhielt ich eine Einladung zum Direktor. Er erläuterte mir die Bedeutung des Freien Deutschen Gewerkschaftsbundes. Natürlich wurde ich Mitglied.

Zu Beginn des Folgejahres erfuhr ich von meiner Laborleiterin, deren Freund an der TH Dresden (heute TU) Elektrotechnik studierte, dass es dort auch eine Fachrichtung Biologie gäbe. Ich bewarb mich. Doch für das Studienjahr 1955/56 wurden in der gesamten DDR keine Zulassungen für Biologie vorgenommen. Wie schon in Halle wurde mir wieder die Fachrichtung Mathematik vorgeschlagen. Diesmal sagte ich zu, in der Hoffnung, bald in die Fachrichtung Biologie wechseln zu können. Das hoffte auch mein Vater.

Und nun erkannte ich, welchen Irrtum manche Zensuren beinhalten. Mein »sehr gut« hatte ich ja in einer sprachlichen Klasse erworben. Das Leistungsniveau dort war viel zu gering für ein Hochschulstudium. Lediglich in Geometrie konnte ich einigermaßen mithalten. Aber zum Beispiel für »n-dimensionale Räume« fehlte mir jegliche Vorstellungskraft. Als für das Studienjahr 1956/1957 wieder Biologiestudenten immatrikuliert werden konnten, atmete ich auf.

Zunächst bat ich den Fachrichtungsleiter der Biologie, den Zoologen Professor J. um ein Gespräch. Auch er bemängelte das »gut« für Biologie auf meinem Abiturzeugnis. Hocherfreut zeigte er sich aber, als ich ihm von meiner Tätigkeit in der BZA Aschersleben erzählte und ihm die Beurteilung vorlegte, die mir mein dortiger Abteilungsleiter, Prof. N., ausgestellt hatte.

Es kam heraus, dass die beiden Herren nach ihrem Studium an der MLU Halle dort gemeinsam ihre Assistententätigkeit abgeleistet hatten.

Das Tor vor meinem Weg in biologische Gefilde schien sich zu öffnen. Die Mathematikprofessoren hatten nichts dagegen. Und ich empfand große Dankbarkeit meinem Vater gegenüber, der mich so sehr unterstützt hatte.

Heute kann ich sagen, dass ich meine Berufswahl nie bereut habe.

Das Mutterkorn und
seine Bedeutung für mich

Vor einiger Zeit sandte mir ein ehemaliger Kollege einen dicken Brief, dessen Inhalt ich ungeöffnet nicht erraten konnte. Wie staunte ich, als ich darin eine Roggenähre fand, aus der seitlich ein übergroßes violettes kornähnliches Gebilde herausragte, ein sogenanntes Mutterkorn. Die Apotheker nennen ein solches Gebilde Secale cornutum, d. h. gehörnter Roggen.

Seit Jahren habe ich bei Spaziergängen und Wanderungen aufmerksam die Feldraine beobachtet, doch nie einen solchen Fund gemacht.

Der Kollege war im Havelland – seinem heutigen Wohnsitz – darauf gestoßen und hat sofort an mich gedacht. Das Mutterkorn ist Gegenstand meiner beruflichen Tätigkeit gewesen. Das war vor mehr als vierzig Jahren.

Das Mutterkorn ist die Dauerform eines im Mittelalter weitverbreiteten Getreide- und Gräserparasiten, eines Pilzes, der den Roggen zur Blütezeit befällt. Diese Dauerformen werden auch Sklerotien genannt. Sie enthalten sowohl giftige als auch medizinisch wirksame Inhaltsstoffe.

Wissenschaftliche Angaben über diesen Pilz, der zu den Ascomyceten gehört, seine Arten, ihre Namen und Inhaltsstoffe sowie deren pharmazeutische Nutzung sind den Veröffentlichungen von Breuel und Mühle (1977) sowie Gröger und Johne (1978) zu entnehmen.

Die Sklerotien wurden in alten Kräuterbüchern als Wehenmittel empfohlen. Andererseits waren sie im Mittelalter Ursache für verheerende Seuchen, wenn sie ins Brotgetreide gelangten. Große Verdienste erwarben sich da in jener Zeit die Klöster weil sie sklerotienfreies Korn zum Backen verwendeten und mit diesem Brot die Kranken heilten. Die

Seuchen wurden als Strafe Gottes angesehen und deshalb wohl auch »Heiliges Feuer« genannt. Um 1000 n. Christus gründete ein französischer Edelmann den Antoniterorden, weil sein Sohn in Gegenwart der Gebeine des Heiligen Antonius vom Heiligen Feuer geheilt worden war. Danach nannte man die Krankheit auch Antoniusfeuer.

Heute stellt das Mutterkorn für den Menschen keine Gefahr mehr dar. Durch Verbesserung der Druschverfahren gelangen eventuell vorhandene Sklerotien nicht mehr ins Brotgetreide.

Im Verlauf des vorigen Jahrhunderts begann man – einem internationalen Trend folgend – im Forschungsbereich des Arzneimittelwerkes Dresden mit der Isolierung einiger pharmazeutisch interessanter Wirkstoffe des Mutterkorns, den Alkaloiden. Zunächst wurde das Ausgangsmaterial im Feldanbau gewonnen, später ging man zu einer Kultur auf künstlichen Nährböden über. Ich war als Mikrobiologin für die Anzucht des Impfmaterials verantwortlich. Viele Methoden und Anregungen konnten der Antibiotikaforschung entnommen werden. Mir gelang es, leistungsfähige Stämme zu züchten, die die Entwicklung eines Produktionsverfahrens ermöglichten. Diese Aufgabe übernahmen Chemiker, Techniker, Apotheker. Meine eigenen Arbeiten waren Grundlage für meine Dissertation, die ich nach einer außerplanmäßigen Aspirantur 1980 an der Martin-Luther-Universität Halle-Wittenberg einreichen und verteidigen durfte.

Stets hat Forschungsarbeit aber auch eine politische Seite. Das erfuhr ich, als mich 1979 Schwester und Schwager zu ihrer Silberhochzeit in die BRD einluden. Nachdem ich einen Antrag auf eine Besuchsreise in die BRD gestellt hatte, wurde ich zum Forschungsleiter geladen, der mir die Frage stellte »Promovieren oder reisen?« Das gesamte Forschungsprogramm, an dem ich mitarbeitete, war als Vertrauliche Dienstsache (VD) eingestuft. Dieser Geheimhaltungsgrad ließ eine Westreise nicht zu. Natürlich wollte ich promovieren und lehnte die Reise ab. Schwester und Schwager hatten Verständnis für meine Entscheidung.

Nach der Promotion wechselte ich den Betrieb. Dort überraschte mich 1989 die Wende. Ich wurde nicht mehr gebraucht. 55-jährig schickte man mich in den sogenannten Altersübergang.

Da ich wegen pflegerischer Arbeiten in der Familie gebunden war, konnte ich mir erst 2001 einen Wunsch aus der Zeit mit dem Mutterkorn erfüllen: Während eines Familientreffens im Elsass besuchte ich in Colmar das Museum Unterlinden und dort den berühmten Isenheimer Altar, der 1512–1515 von Matthias Grünewald im Auftrag des Antoniterklosters geschaffen wurde. Auf einem der Altarflügel, auf dem die Versuchung des heiligen Antonius dargestellt ist, ist eine Gestalt voller Pestbeulen und mit aufgeblähtem Bauch zu sehen, die offenbar am Mutterkornpilzbrand erkrankt ist. Wie alle Betrachter war auch ich sehr erschrocken.

Dennoch wurde wiederholt von einem noch viel heftigeren Krankheitsverlauf berichtet: Durch entsetzliche Fäulnis sollen die Menschen sogar Körperglieder verloren haben. Sie sollen wahnsinnig gewesen sein und »Feuer, Feuer – ich verbrenne« gerufen haben.

2016 besuchte ich während einer Spanienreise die Stadt Segovia in der Nähe von Madrid. Dort gibt es eine prächtige gotische Kathedrale aus dem Jahre 1525. Der Innenraum ist von 18 Kapellen umgeben, von denen eine dem heiligen Antonius gewidmet ist. Die Ausführungen der Fremdenführerin konnte ich stolz mit meinen Kenntnissen zum Antoniusfeuer und die Tätigkeit des Antoniterordens ergänzen. Meine Mitreisenden hatte ich dadurch neugierig gemacht und wir unterhielten uns danach weiter mittags auf dem Marktplatz der Stadt.

Doch warum in die Ferne schweifen? 2017 fand ich im Programm der Dresdner Seniorenakademie die Ankündigung einer Veranstaltung, die mich sehr interessierte: Im Haus der Kirche sollte ein Gemälde von David Teniers dem Jüngeren vorgestellt werden mit dem Titel »Die Versuchung des heiligen Antonius«, das er um 1645 geschaffen hat, und das in der Gemäldegalerie Alte Meister in Dresden zu besichtigen ist. Es zeigt den Heiligen im Felsengrab wieder inmitten der bekannten Wahnvorstellungen wie Versuchung durch irdische Lüste und Peinigung durch den Teufel und seine Dämonen. Da Antonius diesem Angriff gegenüber unbewegt verharrt wird er zum Schutzpatron gegen ansteckende Krankheiten.

Antonius wurde 251 n.Chr. in Oberägypten geboren und starb überhundertjährig 356 n. Chr.

Beim Schreiben dieses Textes halfen mir die folgenden Veröffentlichungen:

Mühle, E., Breuel, K.
Das Mutterkorn, Die neue Brehm-Bücherei A. Ziemsen
    Verlag, Wittenberg Lutherstadt 1977
Gröger, D., Johne, S.
Mutterkorn – Quelle vielfältiger Arzneistoffe
Wissenschaft und Fortschritt 3(1978), Akademie-Verlag
Berlin
Unterlinden
Der Isenheimer Altar, ISBN 2-7165–0309-5 (1991)

Wie mir das Einhorn begegnete

Im November 1993 flog ich nach Paris. Es war meine erste Reise nach der Wende ins westliche Ausland. Da war ich bereits 57 Jahre alt. British Airways hatte die Linie ab Dresden neu eröffnet, das bedeutete Sparpreis und nur 7 Fluggäste! Die Erzgebirgskämme waren bereits verschneit, aber wunderbar plastisch sichtbar.

Am Flughafen Charles de Gaulle erwartete mich mein Neffe, der damals in Paris promovierte.

Während meines Besuches führte er mich auch in das Musée de Cluny, um mir die Dame mit dem Einhorn zu zeigen. Ich staunte über die Wandteppiche aus der Zeit um 1500, auf denen vor dem Hintergrund eines dichten Blumenmusters die 5 Sinne von Sehen bis Berühren dargestellt sind. Der 6. Teppich zeigt die Dame unter einem blauen Zeltdach gemäß dem Motto »Meinem einzigen Begehren« (Vgl. Reise-Taschenbuch Dumont, Paris). Und immer ist das Einhorn dabei! Da erinnerte ich mich plötzlich wieder an das tapfere Schneiderlein, das im Auftrag eines Königs ein Einhorn fangen sollte und als Lohn dafür das halbe Königreich und die Königstochter als Frau bekam. Die Gebrüder Grimm haben das Märchen aufgeschrieben und Ludwig Richter hat es mit Holzschnitten illustriert.

1966 kam eines Tages von meinem Vater eine Karte, auf der das Wappen meiner Großeltern mütterlicherseits bzw. derer Vorfahren abgebildet war. Auch darauf ist das Einhorn zu sehen – Inbegriff des Guten.

Erst später verwies mich ein Verwandter, der mit seiner Frau oft in London war, auf das Wappen von Großbritannien. Auch hier ist das Einhorn zu sehen, Sinnbild für Schottland.

Noch einmal sollte mir das berühmte Wappentier begegnen, 2004 als Firstfigur auf dem Palais der Isle of Borromeo im Lago Maggiore.

Inzwischen ist eine Kultfigur aus dem Fabelwesen geworden. Es galoppiert durch die Läden, findet sich auf Duschgel, auf Klamotten, auf Malbüchern, auf der Apothekenzeitung »Medizini«, auf Schwimmringen. Auch lieben es die Kinder als Plüschtier, das sie so gut am Horn anfassen und tragen können.

Auf der Suche nach der Entstehung des sagenhaften Fabeltieres fand ich eine interessante Erklärung in der Ausstellung »Monster und Mythen« im Japanischen Palais in Dresden (28.4.18 – 3.3.19). Wie auch im Bertelsmann – Universallexikon zu lesen ist, sind es assyrisch – babylonische Höhlenzeichnungen, die einen Auerochsen im Profil zeigen, sodass nur ein Horn zu sehen ist. Diese Figur veränderte sich im Verlauf der Zeit.

Zugereiste

Blumenkauf

Am Samstagnachmittag, kurz vor Ladenschluss, treffe ich sie, die zwei jungen Männer, die Blumen kaufen wollen. Doch welche? Sie können sich nicht entscheiden. Die Vietnamesin inmitten unzähliger Vasen mit Rosen, Tulpen, Orchideen und anderer wunderschöner Sträuße empfiehlt drei Stängel kleinblütige Chrysanthemen, zweimal weiß, einmal gelb. Der Käufer möchte noch eine rosa Gerbera in die Mitte gebunden haben. Die Verkäuferin: »Dann stört das Gelb!«. Also dreimal weiß. Schnell formt die geschickte Frau ein Bukett wie aus Sternen und betrachtet es. Der Freund zum Freund: »Geht das so?«

»Es ist Deine Freundin, nicht meine!«

Die Vietnamesin deutet an, dass man in ihrer Heimat gern solche Blumen der Liebsten schenke. Der schüchtern wirkende Jüngling errötet und strahlt.

Die Kasse klingelt. Ein ordentliches Trinkgeld ist dabei.

Als ich anschließend die Vietnamesin frage, ob sie noch Beziehungen zu dem fernen Land habe, erzählt sie mir: Sie sei vor vielen Jahren mit ihren Eltern nach Deutschland gekommen, habe hier zwei Kinder geboren und möchte für immer bei uns bleiben. Das Wissen über Vietnam habe sie aus Büchern, die sie sich in der Bibliothek ausleihe. Auch ihren Kindern empfehle sie das, wenn sie in der Schule über das Land ihrer Großeltern berichten sollen. Auch ich solle das tun – ich hatte ihr nämlich verraten, dass ich das Erlebte aufschreiben will.

Ein Märchen

Vor Zeiten in einem fernen Land
sagten die Leute
bei Flut:
»Wir wollen das Wasser nicht!«
bei Trockenheit:
»Wenn es doch endlich regnen würde!«
und bei Regen:
»Wann hört der endlich auf?«

Da kamen Fremde,
ungebeten und ungewollt.
Sie halfen
Dämme zu bauen
gegen die Flut,
Brunnen zu graben
bei Trockenheit
und lehrten:
auf Regen folgt immer
Sonnenschein.

Nun sagten die Leute:
»Gut, dass Ihr gekommen seid!«

Die Zeit vergeht

Ein Zeitabschnitt

Auf einem Weg, den ich lange nicht gegangen
war ich erstaunt, was sich dort getan:
aus Bäumchen wurden Bäume und
das Schilf wuchs zu einem Busch heran.
Einst war ich hier mit meinem kleinen Enkel,
jetzt ist er ein erwachsener Mann.

Wunderwelten

Neulich besuchte ich eine naturhistorische Ausstellung. Dort begegneten sie mir, jene Riesenechsen, die vor Millionen Jahren unsere Erde bevölkerten. Obwohl längst ausgestorben bezaubern sie noch immer, vor allem Kinder. Einst stand »Das große Buch der Saurier« ganz oben auf der Wunschliste meines Enkels, und gemalt hat er die Kolosse auch. Damals war allerdings das Smartphone noch nicht so weit verbreitet wie heute. Dennoch war ich erfreut, im Gästebuch der Ausstellung ähnliche Zeichnungen, wohl von Schülern, zu entdecken. Auch Steven Spielbergs »Jurassic Park« wurde seinerzeit ein großer Erfolg. So hinterließen jene Geschöpfe eine Wunderwelt aus ferner Zeit, eine Wunderwelt der Naturgeschichte.

Ich verbinde mit den Sauriern, zu denen man in unserem digitalen Zeitalter nun auch im Internet surfen kann, ganz andere Gedanken. Mich beeindrucken technische Großgeräte. Ich staune, wenn sie graben, baggern, fördern, heben, Neues erschaffen. Zwar weiß ich, dass Kraft hinter den Bewegungen steht, dass Wissen und Erfindungsgeist zu diesem Ergebnis führten. Und dennoch glaube ich manchmal hinter ihnen Giganten aus der Urzeit zu erblicken. Und hat sich nicht der Mensch an der Tierwelt orientiert ehe er Land, Wasser und Luft eroberte? Andere Leute müssen ähnlich gedacht haben, denn an einer Hebemaschine las ich neulich »Dino«.

Auf einer Baustelle, wo zur Zeit ein Hochhaus entsteht, bewunderte ich unlängst einen noch gewaltigeren Kran, ganz real, ohne Dino dahinter. Auch Kinder bewunderten die riesige Metallkonstruktion. Plötzlich sagte ein Junge zu

mir:»Ich möchte einmal Kranfahrer werden!« Mein Ge-
danke: Das ist für ihn ein Traumberuf in der Wunderwelt
der Technik. Ein älterer Mann, der ebenfalls das Geschehen
aufmerksam verfolgte, fragte den Knirps:»Bist Du denn
schwindelfrei? Du musst doch über viele Leitern klettern,
ehe Du die Kranfahrerkabine erreichst?«»Bin ich«, antwor-
tete der Kleine.»Und wissen Sie, was ich dort oben für eine
schöne Aussicht habe? Cool!«. Ohne eine Reaktion abzu-
warten, fügte er noch hinzu, dass die Kräne heute auch oft
von Computern oder per Funk gesteuert werden könnten
und dass sich die Schaltzentralen dafür am Boden befänden.
Das wisse er von seinem Papa.

Ich staunte immer mehr. Ja, es gab doch »mehr Dinge zwischen Himmel und Erde als meine Schulweisheit sich träu-
men ließ«(Shakespeare »Hamlet«).

So wie ich heute zum Beispiel die mobile Krantechnik
bewundere müssen meine Ahnen über die Eisenbahn, das
Flugzeug, die Überseedampfer, das Radio und alles, was
zu ihrer Zeit neu war, gestaunt haben. Was kommt noch?
Eine Wunderwelt folgte bisher der anderen. Nicht immer
zum Vorteil des Menschen. Wieder denke ich an ein Dich-
terwort:»Oh, wer weiß was in der Zeiten Hintergrunde
schlummert?«(Schiller „Don Carlos). Dem habe ich nichts
hinzuzufügen.

In Dresden erlebt

Im Bus

Ein Kleinkind auf dem Rücken der Mutter.
Es lacht mich an,
es streckt die Hand nach mir aus,
es sucht Zuneigung.

Und die Mutter?
Sie ist beschäftigt,
mit ihrem Smartphone.

Ganoventricks

Auf vielen Plätzen dieser Welt
trachten Diebe nach unserem Geld.
So ist's an der Alhambra
und am Kudamm in Berlin,
am Eiffelturm
und auch in Wien.

Mal bettelt mitleiderregend ein Kind,
wer weiß, wo die Auftraggeber sind?
Mal kommt ein winselnder Hund gehinkt,
derweil seinem Herrn ein Raub gelingt.

Unlängst in Dresden ein neuer Trick:
Jemand findet einen Ring, ist das ein Glück?
Er will den Ring mir schenken,
der sei gestempelt und von großem Wert.
Was er wohl dafür begehrt?
Das sei ein Geschenk, doch wie zum Hohn
erbittet er einen Finderlohn!
Ich spreche von der Polizei.
Plötzlich ist der Spuk vorbei.

Striesen im Herbst 2015

In der Zeitung hatte ich von Stolpersteinen gelesen, die unlängst in der Laubestraße in Striesen zur Erinnerung an die jüdische Familie Steinhart verlegt worden waren. Also machte ich mich an einem Sonntag auf, diese Messingplatten zu suchen. Von der Borsbergstraße gelangte ich über die Mosenstraße zur Laubestraße und schwenkte nach rechts zum Stresemannplatz. Doch das was ich suchte, fand ich zunächst nicht. Ich umrundete den Stresemannplatz und erinnerte mich an eine Führung mit IGEL-Tour, bei der ich viel über die prächtigen Jugendstilbauten und ihre Bewohner – meist Juden – erfahren habe. In den Grünanlagen ruhte ich mich auf einer Parkbank aus.

Dann ging ich die Laubestraße in umgekehrter Richtung entlang. Auf dem Weg sah ich nun viele Kastanienbäume, das Laub herbstlich gefärbt. Auch viele Früchte gab es, trotz Miniermottenbefall. Doch meist lagen nur die stachligen Fruchthüllen herum. Die Kastanien selbst sind seit altersher als Geschenke der Natur beliebte Sammelobjekte der Kinder. Und auch ich fand noch eine der braunen Kugeln und konnte nicht umhin, sie einzustecken. Im Weitergehen erfreuten mich auch Ahorn und Robinien im Herbstlaub. Schließlich, schon fast an der Berthold-Brecht-Allee, entdeckte ich plötzlich zwischen parkenden Autos einen Hinweis auf den Gedenkweg der jüdischen Gemeinde und die Stolpersteine. Hier wohnten außer der Familie Steinhart auch die Lewins, die in Dresden eine Zigarettenfabrik besaßen, ehe sie der »Endlösung der Judenfrage« zum Opfer fielen. Jemand hatte zwei weiße Rosen zur Erinnerung vor das Haus gelegt.

Gegenüber neue Einfamilienhäuser, gepflegte Gärten, Spielplätze und ein Schaukelpferd. Noch lange beschäftigten mich die gegensätzliche Eindrücke. Die Stolpersteine sind würdige Symbole der Erinnerung und Mahnung. Und dennoch habe ich schon gehört, dass sie irgendwo in der Stadt gestohlen worden sind.

Blasewitzer Impressionen

Wieder einmal über's Blaue Wunder gehn,
Wieder einmal auf die Elbe sehn,
Im Schillergarten an den Dichter denken,
Die Blicke zu Dinglingers Weinberg lenken,
Mit der Standseilbahn aufwärts fahren.
Die Loschwitzer Kirche erblicken,
die alt an Jahren,
Wieder erkennen auf den Höh'n über dem Fluss:
Hier alles Fernweh entweichen muss.

Vom Reisen

Unkenruf

Was passieren kann auf Reisen
erzählt man in Touristenkreisen:
Krankheit, Unfall, Ambulanz,
besser sei, man lässt es ganz.

Mich aber zog es in die Ferne,
ich reise für mein Leben gerne.
Am Neckar war ich und am Rhein,
auch in Straßburg wollt' ich sein,
sah die Vogesen,
bin in Colmar gewesen,
bestaunte in London die Krone der Queen,
fuhr nach Wien.

Die Angst war verschwunden
vor Missgeschicken.
Ist es denn wahr?
Soll mir alles glücken?

Ich kehrte zurück im Sonnenschein.
Da lag vor der Haustür der Stolperstein!
Nun sitz ich im Sessel zu meinem Verdruss
mit verstauchtem Knöchel und Bluterguss.

Der Zauber Andalusiens

Man hat erzählt uns vorher viel
von unsrem verlockenden Reiseziel.
Und endlich waren wir angekommen,
haben in Augenschein genommen
das Land Al-Andalus.

Wir kamen, gut betreut von Marion und Kay,
an weiten Olivenhainen vorbei,
waren auf Juans Finka zu Gast,
und machten meerumrauschte Rast
an der Küste von Al-Andalus.

Wir weilten unter vielen Gästen
in Moscheen, Kirchen und Palästen,
und lauschten in Höfen mit trunkenem Blick
den Klängen alter Gitarrenmusik
unter der Sonne von Al-Andalus.

Der beste Fahrer unter Spaniens Himmel
lenkte uns sicher durchs Städtegewimmel.
Malaga, Sevilla, auch Gibraltar
Viel Staunenswertes zu sehen war
in den Straßen von Al-Andalus.

Nun ist zu Ende unsere Reise,
und so, in altgeübter Weise,
dank ich Euch allen mit meinem Gedicht.
Wirklich, die Reise vergesse ich nicht.
Adios! Al-Andalus!

Abschied von Katalonien

Ich sitze im Flugzeug und denke an Dich,
Catalunya, Adios.

Ich denke an Deine Landschaft, die Berge, das Meer,
Catalunya, Adios.

Ich denke an Deine Maler, Architekten, Genies,
Catalunya, Adios.

Ich denke an deine Kirchen, die Klöster, Paläste,
Catalunya, Adios.

Ich denke an Deine Städte und Dörfer,
und an die Balkone, schmiedeeisern,
Catalunya, Adios.

Ich denke an die Palmen, die Oliven, den Wein,
Catalunya, Adios.

Ich denke an die köstlichen Tapas in den Tavernen,
Catalunya, Adios

Auch an Deine freundlichen Menschen denke ich
und an das, was sie bewegt,
Catalunya, Adios.

Ich denke an die schönen Tage, die Du mir geschenkt,
Danke, Catalunya, Adios.

Vom Wandern

Stenogramm einer Wanderung

Wir wanderten durch den Tharandter Wald,
hörten den Eichelhäher bald,
erblickten Seerosen im Weiher da,
Hauptgespräch: die Aronia,
aber auch der Flüchtlinge Qual.
Doch uns gings gut im Triebischtal.

Nach einer Wanderung

Warum
ist unser Rücken krumm?
Wir hörten zwar kein Wolfsgeheule,
doch stöhnte uns're Wirbelsäule
als wir ausstiegen aus dem Bus.
Hinlegen nun ein Muss.
Erholung dann bei Kaffee und einem Küchlein rund.
Schön war's doch im Rabenauer Grund!

Abschied von der Wandergruppe

Wir rasteten am Napoleonstein,
und auch die Heide fing uns ein,
uns, die Wandergruppe

Dreizehn Jahre habe ich mitgemacht,
bin mit Euch gewandert, hab mit Euch gelacht,
in der Wandergruppe.

Viele Themen haben wir besprochen,
an manchen Pflanzen haben wir gerochen,
in der Wandergruppe.

Spechte haben wir klopfen gehört,
auch gegen Mücken uns gewehrt,
in der Wandergruppe.

Zig Kilometer habe ich geschafft.
Doch leider fehlt mir nun die Kraft
für die Wandergruppe.

Gerne blicke ich zurück.
Ich wünsche allen recht viel Glück,
die bleiben in der Wandergruppe.

Seid bitte nicht traurig, jeder Abschied tut weh.
Doch neue Ziele ich vor mir seh.
Ich bleib verbunden mit leisem Ade'
Dir, liebe Wandergruppe.

Durch das Jahr

Licht im Dunkel

Die Dunkelheit des langen Winters drückt die Stimmung sehr
doch frohes Kinderlachen ersetzt den Sonnenschein.

IRRTUM

Die Sonne scheint nach sternklarer Nacht,
vergessen sind die kalten Tage.
Ein Märztag, wie für uns gemacht.
Der Winter geht nun, ohne Frage.
Zwar drohen noch Schneelawinen und Eis.
Wir aber lassen uns nicht Bange machen.
Sind Straßen und Plätze auch noch weiß,
im Schrank warten schon die Frühlingssachen.
Manch einen lockt's, mit einem Reim,
den Lenz, der endlich naht, zu grüßen.
Selbst der Mann im Rollstuhl flieht dem Heim,
die Sonnenwärme zu genießen.
Aus den Kaminen steigt weißer Rauch
wie im Vatikan nach der Papstwahl auch.
Wir haben zwar keinen Papst gewählt,
doch die ersten Frühlingsknospen gezählt.
Die winterliche Erschöpfung weicht.
Auch ich fühl im Herzen mich froh und leicht.
Krokusse entfalten sich, dicht an dicht.
Die Natur erwacht, wen freut das nicht.

Doch am nächsten Morgen – was seh' ich im Garten?
Es hat geschneit.
Der Frühling muss warten!

Haikai: Frühling

Winterschneeball blüht,
auch Zaubernuss dort am Strauch,
Hoffnung verbreitend.

Entenpaar am Bach
Weidenzweig wiegt sich im Wind.
Frühling zieht ins Land.

Morgendämmerung
nun wieder etwas früher.
Frühlingsgrün vorm Haus.

Vogelgezwitscher.
Im fahlen Märzmorgenlicht
der Park. Ein Specht klopft.

Zu Boden schweben
Blütenblätter im Frühling.
Beginn der Reife.

Ostern in der Pandemie

Die Straßenbahnen leer,
Die Gaststätten zu,
der Ausgang beschränkt,
die Schulen geschlossen.
Das Coronavirus läßt die Welt
stille stehn.
Doch die Natur blüht auf.
Und der Osterhase war da,
hat Geschenke versteckt.
Die Kinder haben sie alle entdeckt.
Fröhliches Spiel
trotz alledem.

Vergänglichkeit

Der Park, den ich so gern besuche,
war zu Pfingsten
ein Rhododendrongarten.
Tausende Blüten
in violett, rose´ oder weiß
versöhnten, belebten,
gaben dem Ort
ein romantisches Licht.
Amseln lobten die
scheinbar unendliche Pracht.

Nach einem Regentage nun
ist aller Glanz
verschwunden.
Doch noch immer singen die Amseln,
wissend um das Blau
über den Wolken.

Im Oktober

Mich packt das Chrysanthemenfieber.
Hier und dort und gegenüber
Blumen rot, weiß, gelb und violett,
mitunter gepflanzt zu einem Quartett.
Welche Pracht aus Floras Reich,
Millionen Blüten, sternengleich.
Sie zieren mein Fenster und den Balkon
als eine grüßende Dekoration.
Die schenkt große Freude mir,
ich danke dem goldenen Herbst dafür.

Haikai: Herbst

Oktoberregen.
Löwenzahnrosetten dort.
Die Natur freut sich.

Goldene Taler.
Gleich ihnen tanzen im Herbst
die Lindenblätter.

Frischer grüner Klee
unter gelben Herbstblättern
spendet Zuversicht.

Goldenes Herbstlaub.
Jedes Blatt ein Unikat,
leider vergänglich.

Dresden im Dezember 2013

Adventsstimmung
in der reich geschmückten Stadt.
Weihnachtliche Düfte am Kaffeetisch
daheim.
Lebkuchen, Glühwein, Christstollen.
Kerzen leuchten, die Pyramide dreht sich
beim Klang alter Lieder.
Aufgeregt schreiben die Kinder
Wunschzettel
für das Fest.

Jäh ertönt ein Signal:
Das Haus ist zu verlassen,
sofort!
Ein gefährlicher Fund!
Eine Bombe
aus dem Zweiten Weltkrieg
auf der Baustelle nebenan.

Mein Advent

Wieder kamen die Weihnachtstage
und mit ihnen Feiern bei Kerzenlichte.
In den Kirchen verlas man die Weihnachtsgeschichte,
von Lucas erzählt, welch traute Sage.

Dennoch bedrückte die Weltenlage
und erschreckten die Kriegsberichte.
Totschlag und Mord standen vor Gerichte,
für uns Menschen eine endlose Plage.

Ich ließ mich von der Erinnerung betören
als ich mied den täuschenden Glanz zu Recht
und ging zu einem friedlichen Ort.

Dort war von großen Dichtern zu hören,
von Kästner, Fontane und auch von Brecht.
Sie erfreuten mich mit ihrem Wort.

Die Autorin

Gisela Nordmann, 1936 in Aschersleben geboren, studierte an der Technischen Hochschule Dresden (später TU Dresden) Biologie. Als Diplombiologin war sie 30 Jahre in der Industrieforschung tätig. 1980 promovierte sie an der Martin-Luther-Universität Halle-Wittenberg zum Dr. rer. nat. Seit 1991 widmete sie sich verstärkt ihrem Hobby, dem Schreiben, und nahm regelmäßig an Schreibzirkeln teil. Ihre Texte – Kurzgeschichten und Lyrik – wurden in Zeitungen, Zeitschriften und Anthologien sowie 2006 unter dem Titel »Vertraute Stadt – Begegnung mit Dresden« veröffentlicht. 2009 erschien ihr Büchlein »Wenn der Sommer geht.« Gedichte, Gedanken und Erlebtes enthält das Bändchen »Und die Magnolie blüht« von 2013. »Das Haus an der Selke« von 2016 ist eine autobiographische Erzählung. Gisela Normann ist verwitwet, hat eine Tochter, einen Enkel sowie einen Urenkel und lebt seit 1955 in Dresden.